청어詩人選 154

21세기 원시인의 [통일, 너에게로 간다] 시리즈 3

통일이
답이다

신 호 현 시집

청어

21세기 원시인의 [통일, 너에게로 간다] 시리즈 3

통일이 답이다

신 호 현 지음

발 행 처 · 도서출판 청어
발 행 인 · 이영철
영   업 · 이동호
홍   보 · 이수빈
기   획 · 천성래
편   집 · 방세화
디 자 인 · 김희주
제작부장 · 공병한
인   쇄 · 두리터

등   록 · 1999년 5월 3일
(제321-3210000251001999000063호)

1판 1쇄 인쇄 · 2018년 6월   1일
1판 1쇄 발행 · 2018년 6월 10일

주소 · 서울특별시 서초구 효령로55길 45-8
대표전화 · 02-586-0477
팩시밀리 · 02-586-0478

홈페이지 · www.chungeobook.com
E-mail · ppi20@hanmail.net
ISBN · 979-11-5860-548-3 (03810)

이 도서의 국립중앙도서관 출판시도서목록(CIP)은 서지정보유통지원시스템 홈페이지
(http://seoji.nl.go.kr)와 국가자료공동목록시스템(http://www.nl.go.kr/kolisnet)
에서 이용하실 수 있습니다.(CIP제어번호: CIP2018014981)

통일이 답이다

신 호 현 시집

정신일도 하사불성(精神一到 何事不成)의 통일

이 경(시인, 문학평론가, 한국문협 평생교육원 교수)

옛말에 '정신일도 하사불성 (精神一到 何事不成)'이라는 말이 있다. '정신을 한 곳으로 하면 무슨 일인들 이루어지지 않으랴.' 라는 뜻으로 정신을 집중하여 노력하면 어떤 어려운 일이라도 성취할 수 있다는 말이다. 인생의 큰 꿈을 가지는 사람들이 성공의 기저로 삼는 말이다. 무슨 일을 이루려면 정신을 한 곳으로 집중해야 한다.

한동안 북한이 6차에 걸친 핵실험을 함으로써 북미 간에 긴장이 고조되고 남북 간에 위기가 최고조에 달했다. 다행히 평창 동계올림픽을 계기로 남북 간에 대화의 물꼬가 터지고 남북정상회담, 북미정상회담을 통해 북한이 핵을 버리고 체제 유지 및 경제 회생 정책을 통해 남북통일의 발판을 다져 나가려 하고 있다. 이럴 때일수록 통일에 대한 염원을 드높여 온 국민이 통일의 깃발을 향해 정신을 가다듬어야 할 때이다.

시인 교사 신호현은 바람이 전해주는 통일의 기운을 시로써 승화시켜 시와 통일의 합치점을 향해 부단히 통일시를 쓰는 시인이다. 평범한 시인들이 간과하고 지나는 것을 색다른 관점에서 통일을 염원하는 작품을 출산한 것이다. 신 시인의 깊은 뜻은 시로써 남북이 평화로운 통일을 이룩하는 것이다. 남북이 정신을 하나로 모아 통일을 이룬다면 얼마나 아름다운 세상이 될까.

연평도 포격 및 천안함 폭격 사건에서 보았듯이 남북이 서로 원수처럼 적대적으로 싸우다가 이번 평창 동계올림픽에서 남북이 하나 되어 한반도기를 휘날리는 것을 보면서 가슴이 뭉클했다. 올림픽 정신에서 '평화'를 기원했듯이 남북이 한마음으로 평화통일을 꿈꾼다면 머지않아 통일을 이루고 말 것이다. 우리 대한민국 국민은 마침내 이루어내고 말 똑똑한 지혜를 지녔으니 이 얼마나 위대한가.

이에 신 시인은 북핵을 없애고 평화통일로 나아가자는 온 국민의 뜨거운 열정에 부합하여 통일시를 쓰고 있는 것이다. '통일, 너에게로 간다' 시리즈로 1집 『우리는 바다였노라』, 2집 『통일의 물꼬를 트라』에 이어 이번에 3집 『통일이 답이다』를 내놓았다. 시 한 편 한 편이 통일전망대에서 통일을 기원하듯 간절한 소망이 담겨 있으며, 신문 1면을 펼치듯 빠르고 신선한 충격을 주고 있다.

남북 간의 끊임없는 갈등과 남남 간의 갈등, 한반도를 둘러싼 국제정세의 긴장감, 그리고 북한의 인권문제 등 해결의 실마리는 바로 남북 간의 평화로운 '통일이 답이다.' 형제간에는 원수같이 싸우다가도 화해하면 우리가 언제 싸웠냐는 듯 다시 가족의 끈끈한 우애가 되살아나듯 남북 간의 감정도 곧 형제간의 싸움인 것이다.『통일의 물꼬를 트라』에서는 남북 대치의 긴장감을 누나와 동생인 남매의 관계로, 이번『통일이 답이다』에서는 형제간의 따스한 감정으로 풀어냄으로서 물보다 진한 붉은 피의 인류애로 통일시를 노래하고 있다.

신 시인의 통일시를 읽으면 통일이 멀지 않았음을 알 수 있다. 마치 독일 통일이 동독 대변인의 말 한 마디로 하루아침에 통일을 이룰 수 있었던 것처럼 남북통일도 어느 순간에 도달하면 하루아침에 이루어질 것이라 믿는다. 신 시인의 통일시집이 남북통일의 밑거름이 되었으면 하는 바람으로 신 시인의 세 번째 통일시집『통일이 답이다』발간을 축하한다.

시인교사가 쓰는 절절한 통일 염원

손해일(시인, 국제PEN한국본부 이사장)

신호현 시인이 일곱 번째 시집
으로 『통일이 답이다』를 출간한
다. 중학교 국어교사인 신 시인
은 학생들에게 문학을 가르치고,
윤동주, 천상병 등 천재 시인들
의 작품으로 애송시집을 만들어
시를 암송시키는 등 열정적인 지

도로 각종 백일장에서 다수의 입상자를 배출시키고 있는 선
생님이다. 교육자로서 제자에 대한 충일한 사랑은 물론이요,
인성교육으로 문학에 역점을 둔다는 것은 입시 위주의 주입식
교육이 판치는 세태에서 참으로 바람직한 일이다.

신 시인 본인 또한 1999년에 등단한 시인으로서 짧은 기간
임에도 이미 여섯 권의 시집을 낸 열혈 문학도이기도 하다. 네
권의 교단시집과 일반시집, 통일을 주제로 한 '통일, 너에게로
간다' 시리즈로 이번에 제3시집 『통일이 답이다』를 내는 것이

다. 시 전편에 신 시인의 민족 사랑과 통일에 대한 뜨거운 열망이 절절히 담겨 있다.

한 주제를 다양한 각도로 바라보고 있으며, 시사적이고 예민한 내용을 시적 감각으로 풀어내고 있다. 통일 시편 말미에 '학생들에게'라는 별도의 시작 메모를 달아 학생들의 이해를 돕는 시도도 인상적이다. 미래의 주역인 학생들에게 올바른 통일관과 민족관을 심어주는 건 필수과제이기 때문이다.

강대국끼리 흥정의 제물로 70여 년째 분단의 비극이 지속되고 동족상잔의 6·25 참변마저 겪은 우리에게 민족화합과 통일은 지상과제이다. 그럼에도 남북 간 체제 이데올로기의 높은 장벽과 북한의 핵실험과 미사일 발사, 주변 열강의 견제 역학 구도로 말처럼 통일이 쉽지 않은 게 현실이다.

필자는 남북관계를 '고슴도치의 사랑'에 비유한 바 있다. 남북이 자존심과 미움과 이데올로기의 날 선 가시를 접지 않는한 통일은 요원하며 껴안을수록 서로 아프기만 할 뿐이다. 우

리는 반드시 한마음 한 형제로 자유 평화통일을 이루어 오천
년 한민족의 영광을 되찾아야 한다.

다행히 지난번 평창 동계올림픽 개최와 삼지연관현악단 내
한 공연에 이어 우리 연예인단의 평양공연으로 남북 화해 무
드가 무르익고 있다. 판문점 남북정상회담과 북미정상회담으
로 북한의 핵 포기와 개혁개방, 남북통일의 전망도 운명처럼
밝아오고 있다.

이런 중차대한 시기에 신 시인의 이번 시집이 개인의 통일
염원을 넘어 남북 화해 무드를 돕는 작은 단초가 되기를 바란
다. 앞으로 신 시인이 '불광불급(不狂不及)'의 치열한 정신으로
매진하여 참스승으로서, 시인으로서 대성하기를 축원한다.

옹달샘의 푸른 노래

　아주 오랜 옛날, 평화로운 숲속에 조그마한 옹달샘이 하나 있었어요. 봄, 여름, 가을, 겨울 할 것 없이 사계절 내내 숲속의 동물들이 와서 목을 축이고 주위에 꽃들과 나무들이 모두 이 작은 옹달샘의 물로 살아갔어요. 고요한 아침이 오면 옹달샘은 저마다의 눈빛으로 행복했어요.

　옹달샘에는 청개구리 한 마리 살았는데 청개구리는 배불리 잘 먹고 잘 살아 배가 불룩했어요. 청개구리는 옹달샘에서 물을 먹는 것만이 아니라 늘 헤엄치고 장난치는 것을 좋아했어요. 다 같이 평화로운 세상에서 숲과 옹달샘을 잘 지켜나가기 위해서는 옹달샘에서 장난치는 것이 금지되었지요. 그런데 청개구리는 헤엄치거나 옹달샘 가에서 뜨거운 불장난하는 것을 매우 좋아했어요.

　청개구리는 연못 주위에서 모닥불을 피우거나 작은 불꽃놀이를 했어요. 숲속에 다른 동물들이 그러다 숲을 온통 태울 것이라고 경고했지만 청개구리는 불꽃이 하늘 높이 날아 올라갈수록 가슴이 마구 뛰는 것이 저절로 신명이 났어요. 그리고 그 불꽃을 가지면 숲속 모든 동물들이 긴장하고 바라보는 것도 재미있었어요.

청개구리는 연못을 통째로 가지고 싶다는 생각을 했어요. 물을 배급으로 나눠주면 돈이 생겨 부자가 되고 권력도 생길 것이라 믿었지요. 골고루 나눠주면 더욱 행복한 숲을 만들 것이라 생각했어요. 그래서 절도 있고 말 잘 듣는 물방개를 통해 옹달샘의 절반을 가졌어요. 옹달샘 북쪽에는 붉은 노을빛이 물들어 푸른빛의 남쪽과는 대조되기 시작했지요.

옹달샘의 이런 변화에 다른 동물들은 청개구리의 생각을 걱정했어요. 더구나 불꽃을 가지고 장난하는 것을 좋아하니 언젠가 숲이 홀랑 다 타버릴 것 같았어요. 청개구리는 불꽃놀이를 하다 불이 나면 옹달샘 물을 뿌려 끄면 쉽게 꺼질 것이기에 자신의 불장난이 뭐 그리 대수냐고 말했어요.

옹달샘 물로 불이 난 숲을 *끄*기에는 부족한 줄은 모두가 다 아는 처지였어요. 청개구리가 불꽃놀이를 스스로 포기하고 스스로 변화되어 맑은 옹달샘을 만드는 것이 숲속 모두가 바라는 평화롭고 행복한 세상이 만들어지는 것이지요.

어찌 되었든 머지않아 모두가 바라는 대로 옹달샘은 다시 평화로워질 것이지요. 옹달샘은 모두의 생명의 근원이고 모두가 소중히 생각하기에 누구 하나의 소유가 될 수 없고 그 뜻대로 움직여 주는 곳이 아니지요. 옹달샘의 기운은 다시 숲으로 뻗어 모든 나무와 새들과 동물들의 목을 축이게 될 것이지요. 그때까지 평화를 갈망하는 옹달샘의 푸른 노래는 계속 울려 퍼지겠지요?

잠실동 오페라하우스에서 21세기 원시인

c·o·n·t·e·n·t·s

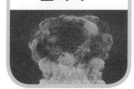

 • • • • • • 통일이 답이다

1
통일을 여는 문

평양에서 백두까지
백두에서 한라까지
빛의 철도 대륙으로 이어
하루에 내달리며 춤출 사람

한반도 통일 대한민국
세계로 뻗는 웅비의 기상
악수와 포옹으로 하나 되어
통일을 여는 문이 있었다

뜨겁게 사랑하자

서해는 블랙홀
세월호의 참 슬픔도
국정 농단의 뜨거운 분노도
모두 다 삼키거라 잠재우거라

지난해 우리는
너무나 가슴이 아팠다
천둥치는 어둠속에서 울었다
광화문 광장에서 함께 울었다

어둠 밝히는 촛불이 있었다
절망 밝히는 횃불이 있었다
그리고 조용히 기다리다 끓어오른
펄럭이는 자유 대한 태극기도 있었다

지난 해 우리는
나누어지고 찢어져 갈등했다
속이고 속고 분노하며 외쳤다
모른다 기억나지 않는다 했다

서로 네 탓이라 핑계를 댔다
서로 돌아보며 나누지 않았다
걸리면 재수 없이 걸렸다 했다
재물 권력 앞에 무릎 꿇었었다

비정규직 청년을 돌보지 않았고
내몰려진 노년을 그대로 두었다
창조 경제가 속절없이 무너져 내려
두 바퀴 모두 수렁에 빠져 버렸다

그러나 동해는 화이트홀
이제는 다시 띄워 올릴 때
새벽 알리는 닭울음 들려오니
새 돛 달고 먼 바다 출항해야 할 때

바다도 큰 파도로 뒤집어져야
스스로 맑고 투명하게 빛을 내듯
반도 어둠 털어내는 용트림했나니
다시 손에 손잡고 함께 달려가 보자

높은 돌 여는 밤

이제는 우리 가슴 치지 말자
더 이상 분노하지 말자 우리
사랑하고 믿어주고 기다리자
인내하고 새 태양을 띄워보자

뿌리 끝에는 달디단 열매가
슬픔 끝에는 평안한 위로가
절망 끝에는 연분홍 희망이
주렁주렁 매달리지 않는가

붉은 서해 잠드는 저 태양은
푸른 동해 둥글게 다시 떠오르듯
정유년 새해에는 약속하자 우리
서로 보듬어 뜨겁게 사랑하자고

학생들에게

지난해의 문제가 풀리지 않은 채 새해를 맞는
무거운 마음에 희망의 돛을 달 듯 신년시로 썼단다.

통일을 여는 문

더 이상 갈 수 없는
절벽뿐인 막다른 골목길에서
안개 자욱한 어둠의 그늘에서
문이 열리고 빛이 비치는 날

그날에 판문각에 서서
녹슨 철조망 거둬내는 사람
금강산 개성공단 잠겼던 문
열쇠 없는 자물쇠 여는 사람

평양에서 백두까지
백두에서 한라까지
빛의 철도 대륙으로 이어
하루에 내달리며 춤출 사람

한반도 통일 대한민국
세계로 뻗는 웅비의 기상
악수와 포옹으로 하나 되어
통일을 여는 문이 있었다

 학생들에게

통일의 빗장을 여는 사람이 누구일까?
통일의 큰일을 이루기 위해 하늘에서 내신 인물은 누구일까?

함께 가자 대한민국

인류 역사상
가장 위대한 휴먼 스토리
장진호 전투 기념비 앞에서
미국 방문 첫 보따리를 여니
감개무량하도다

67년 전 1950년
혹한의 장진호 전투
흥남철수 급박 상황에서
9만 피난민을 구해냈노니
그 속에 우리 부모가 있었노라

한미 동맹은
한반도 전쟁의 포화 속에서
피의 죽음으로 굳세게 맺어졌노라
감사의 은혜 결코 잊을 수 없나니
더욱 굳세게 평화 발전하리라

장진호 기념비 앞에
윈터킹 산사나무 심노라
영하 40도 혹한의 전투 속에서

모두가 영웅적인 투혼을 벌였으니
장진호 전투를 영원히 기억하노라

빅토리호 크리스마스 사탕
그 달콤한 이야기 가득 실은
꿈의 항해는 끝나지 않았으니
통일된 새로운 세상을 향해
함께 가자 대한민국이여

🌷 학생들에게

통일을 이루지 못하는 한 장진호 전투와 같은 비극은 끝나지 않은 것이기에
그 비극의 결말은 우리의 몫으로 남겨졌단다.

대통령의 중국 방문 1

– 중국몽(中國夢)

꿈꾸는가 그대
높고 푸른 하늘 아래
드넓은 평원 꿈꾸는가
두 눈 높이 뜨는가 그대여

만민이 저마다 웃으며
새벽 합창 함께 부르고
비둘기 떼 솟구쳐 오르는
뜨거운 가슴 꿈꾸는가 그대여

빼앗긴 땅 만주에서
광복 꿈꾸며 함께 울었노라
민족의 아픈 가슴 쓰다듬으며
학살의 상처 어루만졌노라

목마르면 물 떠주고
배고프면 함께 나눠 먹던
이웃으로 지낸 지 수천 년
역사는 그렇게 답했노라

함께 이웃으로 살다보면
분내도 함께 맡고 견디며
잔치떡도 나눠 먹지 않는가
토라진 얼굴 말자 친구여

대인은 아파도 크게 웃나니
저 부흥의 땅으로 달려보자
일렁이는 작은 파도 헤쳐내야
드넓은 평원 함께 걸으리

♣ 학생들에게

중국은 이웃나라로서 함께 애환을 나누었던 시절을 생각해
통일의 행보에도 이웃으로 함께 하자는 권유의 시란다.

25

대통령의 중국 방문 2
- 불을 끕시다려

함께 가는 길엔
어둠의 터널도 뚫고
비단 주단도 깔아야겠지만
먼저 뜨거운 불을 끕시다려

불은 한 번 붙으면
가까운 것 모두 태우나니
저 뜨거운 버섯구름 일렁일렁
함께 나서서 불을 끕시다려

우리는 반쪽으로 이웃
그네는 대륙으로 이웃
고구려 말발굽을 잊었는가
뒷짐으로 웃지 맙시다려

설마 혈맹이라 안심하는가
설마 더 힘세다 방심하는가
저네 전략엔 가족도 없나니
통 크게 미소 짓다 눈물일세그려

함께 가는 길엔
어둠의 터널도 뚫고
비단 주단도 깔아야겠지만
먼저 뜨거운 불을 끕시다려

🌱 학생들에게

중국은 이웃나라지만 이웃나라에 불붙으면 불똥은 사방으로 튀어
안전하지 않으리니 불을 함께 끄자는 권유의 시란다.

시진핑 주석에게 1
– 북한 혈맹

큰 나라 대국
큰 사람 시진핑이여
경제발전 강성대국으로
쑥쑥 자라나는 중화여

북한과 혈맹으로
남북통일 돕지 않는다시뇨
그네 북녘과 혈맹된 지 70년
우리네와 친구된 지 수천 년

붉은 원숭이 함께 내몰았고
숱한 목숨 만주벌판 지켰노라
북한과의 혈맹은 빛바랜 악수
남북통일은 모두의 꽃이니

큰 나라 큰 사람
인류 대의 시진핑이여
해묵은 과거에 얽매지 말고
미래 내다보는 새 빛이 되라

학생들에게

중국과의 관계는 해묵은 과거보다는 희망찬 미래를 향해 나아가자는 염원의 시란다.

시진핑 주석에게 2
– 그네 두려운가

그네 두려운가
대국의 큰 사람 시진핑이여
남북통일로 큰 나래 다는 대한민국
그네 나라 잠잠할까 두려운가

북녘 인민 인권 무시하고
하찮은 철광석 조각에 눈멀었는가
나라는 작아도 세계 향한 큰 그림
젊은 장군 기개에 가위 눌렸는가

주체사상 강성대국 핵불에
그네 반짝이는 이마 흐리게 하는가
작은 나라 눈부신 발전에 배 아파
그네 따스한 가슴 마비시켰는가

그네 비뚤어진 욕심에
굶주리고 죽어가는 영혼
숨 가쁜 메마른 목숨을 보았는가
금마차 타면 거리 백성이 보이지 않는가

 학생들에게

대국의 큰 사람으로 북녘에 비핵화와 인권 탄압을 저지하자는 국제적 행보에 멈칫하는
것은 정작 두려움 때문인가. 아님 인류애와 평화에 대한 큰 그림이 없는 것인가.

탈북학생 캠프 1
– 이중국적 태웅이

만나자 마자
중국어로 인사하는 아이
우리말보다 중국어가
더 편하다고 했다

국어 선생으로
중국어는 쓰지 말라 했다
만나자 마자 억압하는
선생이라 미안했다

어머니가 탈북하여
중국인 아버지와 결혼하여
태웅이를 낳고 살다가
어머니랑 서울에 왔다

수학을 공부하다가
국어 문법을 공부했다
글쓰기 맞춤법도 하면서
국어가 제일 어렵다고 했다

아버지의 나라 중국
어머니의 나라 한국
이중국적인 아이
아직 낯선 아이

태웅아 태웅아
이 다음에 크면
어느 나라 살고 싶니
아버지 나라에 갈래요

행여 중국 아이 데려다
돈들이고 정성으로 가르쳐
이웃나라 침범하는 아이
가르치는 것은 아닌지

어차피 이 아이들
서울에서 K-POP 맛보면
사상보다 자유로울 아이들
엄마의 나라 떠나지 못하리

이 나라 이 땅에
든든한 나무가 되고
쓰러지지 않는 민초 되어
통일 세상의 역군이 되렴

🌷 학생들에게

탈북 학생들이 이 땅에 잘 정착하여 뿌리내리면 통일 세상의 주역이 될 것이란다.

탈북학생 캠프 2
- 늑대소녀 수연이

28살이 되도록
북에서 학교 한 번
다니지 못했다는 수연이

고등중학교까지
11년 의무교육 아닌가
남녘보다 으뜸 아닌가

남녘에서
고졸이라도 되라고
고등학생에 편입시켰다

지상낙원 북녘에서
어떻게 살았기에
한글도 모른다더냐

늑대소녀로
개마고원 정글에 살았는가
알 수 없는 꼬리만 물고

넌 스물여덟 멘토로

난 쉰여덟 멘티로 마주앉아
함께 노래 부르면 만나지려나

거꾸로 달려온 북녘
넌 늑대처럼 철조망 넘어
푸른 땅에서 꼬리 펴는구나

부디 이 땅에서
너의 꿈 훨훨 자유하라
통일 세상 꿈꾸거라

 학생들에게

어쩌다 소외되었겠지만 학교 한번 못 다녔다는 말에 놀라웠고
이 땅에서 소외 받지 않고 잘 살기를 바란단다.

조선의 성군 1

김 위원장은
만민이 높이 우러르고
만민을 배불리 먹일 수 있는
조선의 성군이 되시나요

비만 오면 홍수 날까
비가 안 오면 가뭄 들까
밤낮 기도 눈물 흘리시나요
선민정치 푸른 꿈꾸시나요

어버이 눈물 흘리신
고난의 행군 때 쓰러져간
백성들 먹이시고 살리시나요
우레 같은 박수 받으시나요

세계 조류의 급물살 속에
내 인민 배에 태워 달리는
만백성의 위대한 어버이 수령
조선의 성군 꿈꾸시나요

🌷학생들에게

젊은 지도자로서 북녘 인민들의 배부르고 행복한 삶을 위해 꿈꾸는지 묻고 싶었단다.

조선의 성군 2

낙엽 같은 신문 1면
활짝 웃는 위원장의 모습
무언가 오랜 꿈 이루셨나요
밝고 희망찬 세상이 보이나요

핵탄두 앞에서
불꽃 솟는 미사일 앞에서
붉은 웃음 터뜨리는 가마솥엔
온 백성 먹이는 밥이 들었나요

굶주리는 백성 배부르게
구속 받는 백성 자유케 하는
남한도 함께 기뻐할 통일꿈
희망의 판도라 쏘아 올리셨나요

어쩌면 웅얼진 북조선 너머
우리 남조선의 슬픈 죽음인가요
신문마다 펼친 그네 웃음 축제는
한반도 성군 거듭나는 노래인가요

🌷 학생들에게

북녘 인민들 잘 살게 하려고 남녘 국민들 위협하는 핵을 만들고
위협하는 것이 성군이 되는 길인지 묻고 싶었단다.

36

통일의 물꼬

- 농부에게

흐르는 물결 거슬러
새 물길 터서 바로잡는 일이
팔뚝 가득 구슬땀 쏟는 일이겠지만
넘실대는 물길 그냥 두면 안 되리

물은 고이면 썩는 법
내 논이라고 많이 모으고
이웃 논 메말라 가는 줄 모른다면
그 어찌 사람 사는 도리겠소이까

물은 땅 속으로라도 흐르니
세상 정리(情理)로 흐르는 물
가둔다고 다 내 물이 아니거늘
욕심이 번지르르 터질듯하구나

삽자루 든 주인이여
제 안위 거두느라 물 가두는
어리석은 논둑에 서서
통일의 물꼬를 트라

🌷 **학생들에게**

농사를 짓다보면 물꼬를 막을 때도 있어야겠지만
물꼬를 터서 하나 되어야 할 때가 있는데 지금이 바로 물꼬를 틀 때란다.

37

 • • • • • • 통일이 답이다

2
JSA 귀순병사

오랫동안 가슴에 품은
꿈틀거리는 자유가 자라
햇빛 비치는 데로 날아서
푸른 땅에 쓰러졌노라

회치는 뱃속 드러내어
일으키고 살려내리라
새벽어둠은 달아나겠지만
참을 수 없어 죽어도 좋아라

JSA 귀순병사 1

– 죽어도 좋아라

아이들처럼 금 긋고
살얼음 눈빛이 넘나드는
JSA 공동경비구역 선 넘어
하급병사 하나 귀순했다

한 발자국만 넘으면
자유 대한의 품에 안기는
붉은 피 총알 가슴에 품고
절체절명의 순간을 달렸다

오랫동안 가슴에 품은
꿈틀거리는 자유가 자라
햇빛 비치는 데로 날아서
푸른 땅에 쓰러졌노라

회치는 뱃속 드러내어
일으키고 살려내리라
새벽 어둠은 달아나겠지만
참을 수 없어 죽어도 좋아라

 학생들에게

우리 인생에 하나뿐인 목숨을 걸고라도 꼭 이루어야 하는 것이 무엇일까?

JSA 귀순병사 2
- 푸른 메아리

총알 네댓 방쯤이야
우리 북녘엔 배고프디요
저승사자 여기저기 불러도
밥 좀 더 먹고 가야겠디요

죽음 같은 어둠에서
건져 올린 이가 누구뇨
희미한 빛이 새들어옵디다
'여기가 남한 맞습네까'

푸른 땅에서 들려오던
풋풋한 가수들의 푸른 노래
배고픔보다 먼저 솟구칩디다
'남한 노래가 듣고 싶습네다'

우리네 북녘 병사들
붉은 깃발도 싫습네다
금빛 동상도 싫습네다
푸른 메아리가 좋습네다

🌷 학생들에게

지금 우리가 누리는 자유를 얻으려면 총알 다섯 개 정도 가슴에 품어야 되겠지.

JSA 귀순병사 3

– 푸른 메아리

그네 그토록 그리던
대한민국 남한에 살아
떳떳한 자유인으로 살아
푸른 바람 노래 부르거라

그네 죽음에서 건진
대한민국 국민의 뜨거운 피
그네 몸속에서 세 바퀴 반
돌고 돌아서 그네 살려냈도다

어서 속히 일어나라
푸른 땅 폼 나게 활보하라
그네 딛는 땅마다 푸르리라
그네 듣는 노래마다 푸르리라

온 국민이 환영하리니
더 이상 어둠은 없으리라
더 이상 붉음은 없으리라
영원한 대한민국에서 살아라

학생들에게

어쩌면 저 어둠 북녘에서는
남쪽 푸른 메아리가 들려주는 자유의 노래가 가장 그리울 수도 있겠지.

JSA 귀순병사 4
– 법학도의 꿈

법학도의 꿈 안고
남쪽으로 차를 몰았다지
총 맞으며 휴전선 넘었다지
저승사자 유혹 뿌리쳤다지

북녘 동토의 땅
배고픔 끌어안고
운전병으로 살아내며
공평한 세상 꿈꾸었다지

남녘 자유의 땅에서
기울어진 디케의 저울
좌로 우로 기울지 않는
감동의 저울을 꿈꾸어라

늙은 욕심에서
젊은 양심을 깨우는
푸르고 높은 법관으로
정의의 잣대로 우뚝 서라

🌱학생들에게

이 귀순병사의 꿈인 '법학도'를 자유의 땅 남한에서 이루어낼 수 있을까?
꼭 이루어내겠지.

JSA 귀순병사 5
– JSA 판문점

어릴 때 우리
학교 책상에 금 긋고
넘어오면 찢고 빼앗으며
내 땅이라 지켰지

그네와 나 사이
선 그으면 첩첩만리
선 지우면 통일세상
가깝고도 먼 사이

선 하나 지키면
모른 척 사는 남남
선 하나 살짝 넘으면
가족 형제로 함께 사네

친구야 형제야
우리 이젠 그만 싸우자
총부리 내리고 달려오라
얼싸안고 통일하자

🌷 학생들에게

친구와 선 긋고 싸워본 적 있니? 친구와 어깨동무 해본 적 있니?
멋 모르고 싸우던 초등학교 시절이 그립지 않니?

44

길주는 남의 땅

길주는 이제 남의 땅
봄이 와도 더 이상 꿈꾸지 않는다
하루아침 통일이 쓰러지듯 와도
누가 반갑다 고향이라 찾으리

만탑산의 기상 그늘 드리워
나무뿌리 목말라 죽어가는 땅
항문 없는 텃새가 허공중에 날고
팔 다리 잘린 다람쥐가 굴러 떨어졌다

맑은 냇물에 뛰놀던 산천어는
출산하기를 포기하여 씨가 말랐고
장군님 콜레스테롤에 좋다는 송이버섯은
더 이상 진상품에 올려지지 않았다

함경 백두산맥 정기 아래
선사시대부터 따뜻하게 살던 땅
검붉은 버섯구름 가슴으로 삼키는
길주는 더 이상 꿈꾸지 않았다

🌷 학생들에게

핵은 사람만이 아니라 동식물과 자연 모두 싫어하겠지.
핵 실험장 길주는 이제 남의 땅이 되었단다.

핵단추 1

첫 단추
잘못 끼우면
다시 끼워야 하듯

앞 단추
잘못 열면
인생의 개망신이듯

그네와 우리
그 뜨거운 핵단추
잘 끼워야 하지

그네 책상 위
그 파멸의 핵단추
목숨으로 간직해야지

 학생들에게

핵단추가 책상 위에 있다는 말에 놀랐는데 거짓말 같단다.
아무리 좋은 단추라도 핵으로 만든 단추라니…….

핵단추 2

단추쯤이야
있어도 없는 척
신년부터 자랑이 뭐람

핵단추 없어도
우리네는 잘 살고
국민이 행복하거든

없어도 그만인
그 단추 만드느라
비둘기 떼 배 주리고

인민 원성이라면
신년부터 자랑해도
자랑거리 아니라지

 학생들에게

'우리집에 금송아지 있단다'라고 자랑하면
금송아지가 있는 것인가, 없는 것인가. 자랑인가, 위협인가.

롯데 아쿠아리움에서 1

– 북측 사육사

사육사가 손들어
왼쪽으로 펼치면
물개는 물속에서
왼쪽으로 수영하고

사육사가 손들어
오른쪽으로 펼치면
물개는 물속에서
오른쪽으로 수영하지

검은 얼굴 작은 눈
보지 않는 듯 보고는
좌에서 우로 부지런히
청중의 박수 받곤 하지

그네 위원장으로
살짝 손짓만 해도
인민은 지상낙원에서
눈물 흘리면서 행복하겠지

학생들에게

김 위원장을 철통같이 믿고 따르는 인민들에게
자유의 손짓 살짝만 해도 인민들은 얼마나 행복할까?

48

롯데 아쿠아리움에서 2

– 남측 사육사

사육사 손들어도
물개는 환영하지 않고
저마다의 수영에 빠져
보는 둥 마는 둥

배가 고프니
물고기 던져주면
받아먹기만 하곤
제 물질에 정신없지

검은 얼굴 작은 눈
보지 않는 듯 보고는
우러러 찬양하지 않고
저마다 역할로 살지

이녁 대통령으로
살짝 손짓만 해도
국민은 못 살겠다며
촛불 들고 행진하겠지

 학생들에게

우리 대통령은 열심히 해도 못한다 불평하고
평소 관심 없다가도 손해 본다 싶으면 야단법석이지.

대리전 1

맨부커라는 고래가
평화의 별 쏘겠다고
동해에서 물을 뿜었다

'6·25는 대리전
침략자 고래 싸움에
새우등 피 터진 몸짓'

푸른 고래도
동해에 붉은 물 번지면
붉은 고래가 되는가

빗나간 물줄기는
평화 맞추지도 못하고
제 등에 힘없이 떨어졌다

 학생들에게

밝음 속에서 흰색은 흰색이지만 어둠 속에서 흰색은 검은색으로 보인단다.

대리전 2

대리전은
푸른 대리전이었다
거센 붉은 물결에 스러지는
아름다운 나라의 목숨이었다

팔이 잘리고
다리가 튀는 전장에서
검은 피부 푸른 눈의 전사들도
두려움에 펄펄 뛰는 대리전

핏물이 백두에서
흰 옷 한라로 번지는
절체절명의 깃발 아래에서
눈물로 평화의 노래를 불렀다

컴페션*의 대국
거대한 영적 전쟁에서
야훼의 나라 백성 지키는
대리전은 분명 대리전이었다

*컴페션(compassion): 연민, 동정심

학생들에게

6·25는 자유 수호를 위해 연합국의 젊은이들이 대신 죽어간 '대리전'이란다.

 • • • • • • **통일이 답이다**

3
서울 불바다

그동안 서울이
나누지 못한 죄인이었나
잘 살아 신조차 질투했는가
뜨거운 불꽃의 종말 부르는가

다 같이 잘 살자는
70년 그네 일궈온 사회주의
무한한 신적인 권력으로도
결국엔 지옥 넘어 파멸이던가

서울 불바다 1

- 김 위원장

신으로 추앙받는 그네가
서울 불바다를 만들 수 있다면
그네는 좋은 신이거나
악한 신이겠지

서울에 천만 명 중에
그네를 좋아하는 사람
그네를 싫어하는 사람
불바다에서 모두 헤엄치겠지

그동안 서울이
나누지 못한 죄인이었나
잘 살아 신조차 질투했는가
뜨거운 불꽃의 종말 부르는가

다 같이 잘 살자는
70년 그네 일궈온 사회주의
무한한 신적인 권력으로도
결국엔 지옥 넘어 파멸이던가

 학생들에게

다 같이 잘 살자는 사회주의 김 위원장이
'서울 불바다'를 말할 때는 도무지 이해할 수가 없단다.

서울 불바다 2
- 김 위원장의 꿈

그네 북녘은 지옥
이네 남녘은 불바다
그네가 꾸는 꿈은 종말
그네의 권력은 파멸

강제로 찬양 받고 싶어
총칼로 망나니 춤추고
서울 불바다 불지옥 만들면
서울사람 모두 먼지로 날리면

오천 년 우리네 역사
함께 되놈들 물리치고
함께 왜놈들 물리치던
한민족 조선의 역사도 끝

남은 남녘 사람
그네 앞에 무릎 꿇겠지
미국도 그네 앞에 무릎 꿇겠지
그네의 꿈은 이루어지겠지

 학생들에게

'북조선'과 '남한'으로 분단되기 전에는 한 나라로서 중국, 일본과 싸웠단다.

서울 불바다 3
– 하나님의 나라

종말의 때에
적그리스도가 등장하여
하나님을 찬양하면 죽음
적그리스도 찬양하면 생명

그런 날이 온다 했지
최후 선택의 순간 온다 했지
그런데 서울 불바다라면
정말 선택의 여지없네

북녘은 그네의 나라
남녘은 하나님 나라
70년 만에 증명되었으니
함께 가자 하나님 나라로

사랑과 평화의 나라
그네 손잡고 나누는 세상
그네 한 사람만 뜻하면
남북이 하나님 나라

 학생들에게

세상에 자신을 찬양하라 하고 하나님 부처님 찬양하면 핍박하는 나라가 어디 있을까?

서울 불바다 4
– 성전으로 피하라

핵이 서울에 떨어지면
어디로 피해야 할까
4㎞ 밖으로 피하리이까
지하도 어둠으로 숨으리이까

피할 곳도 없고
안전한 곳도 없으니
그냥 앉아서 죽으리까
기도하며 하늘 날아오르리까

북녘 그네 형제
무엇 바라 불바다뇨
무엇 바라 불지옥이뇨
모두 함께 천국 가고픈가

모두가 사는 길은 평화
모두가 죽는 길은 불바다
불비가 하늘에서 내리면
우리 모두 성전으로 피하라

학생들에게

핵이 서울에 떨어지면 불바다, 불지옥이겠지.
그 불바다가 다시 지상낙원이 되려면 몇 백년 걸릴까?

서울 불바다 5
– 불의 심판

그네 혹시
사랑하는 형제 있는가
믿음 가는 친구 있는가
세상 어찌 혼자 살으랴

태양 같은 지도자 되어
만민 백성 고루 보살피고
인민 수령 어버이 되어
함께 웃는 세상 꿈꾸잖은가

그네 형제 친구
불 속으로 걸어가면
온몸 던져 구하지 않은가
목숨 바쳐 사랑하지 않는가

그네 하나님인 듯
불의 심판 꿈꾼다면
그네 백성 먼저 구하는
참 진리를 모르는가

🌷 학생들에게

하나님도 소돔과 고모라를 불로 심판하실 때 의인 10명 있으면
심판하지 않는다 하셨는데 서울엔 그네 백성 10명도 없어 불바다련가.

서울 불바다 6
– 그네 함께 가자

그네 두고 어찌
내가 먼저 천국 가랴
나를 놓고 어찌
그네가 먼저 천국 가랴

뜨거운 불바다 속에서도
믿음의 다니엘과 세 친구는
털끝 하나 태워지지 않았으니
핵불로 성령을 태울 수 없느니라

그네 한번 웃어 보시게
살진 악마의 웃음이더뇨
풍성한 천사의 웃음이더뇨
그 웃음이 그네 손끝에 있도다

돌아보면 내가 형이고
사랑하면 그네가 동생이니
형제간 사랑치 못해 불바다뇨
그네 함께 가자 저 천국으로

🌷 학생들에게

사실 돌아보면 형이고 사랑하면 동생인데
무슨 원수진 일 있다고 '불바다론' 부르짖는지 알 수 없단다.

북핵 1

터지면
그대로가 지옥

없애면
그대로가 평화

 학생들에게

통일 이루지 못하면 어느 미치광이 손에서 터질지도 모른단다.

북핵 2

강성대국
살려고 한다지만
그네가 살면 우린
반드시 죽으리라

불꽃놀이는
아름다운 한반도
사랑놀이가 아니라
붉은 목숨의 축제

학생들에게

북핵은 다 같이 살자는 것인가, 다 같이 죽자는 것인가.
다 같이 잘 사는 불꽃놀이는 오직 '통일'뿐!

북핵 3

그네가
불꽃 강성대국이면
우리는 약성소국

버섯 불꽃 만들면
그네 원하는 것은
하나뿐인 목숨

학생들에게

김 위원장이 버섯 불꽃으로 원하는 목숨이 '원시인'의 목숨인가,
아니면 우리 '학생들' 목숨이련가.

북핵 4

풍선이 터지면
좌파나 우파나
이념도 사상도
출신성분도 없이
모두 붉은 목숨

좌파우파 말고
이념사상 말고
무릎 꿇을 것인지
죽기로 싸울 것인지
터지기 전 자유하라

학생들에게

자유라는 것은 선택이다.
북핵 앞에서 무릎 꿇을 것인지, 싸울 것인지 선택할 날이 다가오고 있단다.

북핵 5
– 레드라인 1

초등학교 시절
둘이 쓰는 책상에서
짝과 싸우면 연필선 긋고
넘어오지 말라 했었지

싸움이 오래 가면
칼로 긋고 또 긋고
연필 지우개 넘어오면
내꺼라 안 주며 우겼지

그네 핵 만들고
미사일에 실어 쏜다면
레드라인이라 칼로 새기고
하나, 둘, 둘 반의 반 세었지

그네와 난 동창
70년 훌쩍 지나면
서로 그리운 초등 친구
내다볼 줄 알면 좋겠어

 학생들에게

본디 한민족인데 휴전선 그어놓고 총칼 들고 싸우는 것 보면
초등학교 시절 친구와 싸우던 생각이 난단다. 지금 그 친구와 친하게 지내고 있지.

북핵 6
- 레드라인 2

어른들이 되면
우리네 초딩과는 다른
오랜 짝과의 싸움에서
뭔가 다를 줄 알았어

논리적인 대화로
서로서로 도와가면서
함께 나누고 보살펴주며
통일 세상 이룰 줄 알았어

한쪽은 핵 만들고
다른 쪽은 힘센 친구 부르고
서로 불바다 만들겠다고
으르렁대기만 하였지

그네와 난 동창
70년이 훌쩍 지나도
서로 그리운 건 마찬가진데
선긋기는 그만했음 좋겠어

🔱학생들에게

어른들 싸우는 것을 가만히 들여다보면 어린 아이들 싸우는 것과 별반 다를 게 없단다.

핵꽃 쏘아라

오호라 강성대국이여
포 쏘아라 미사일 쏘아라
다 같이 살자는가 죽자는가

주린 백성 여전히 배고프니
식량 내놓아라 몽땅 갖다 바쳐라
존엄하신 명령 당할 자 누구더냐

애들아 녹슨 무기 감추어라
강자만이 살아남는 새 시대로다
핵꽃만이 높이높이 쏘아 올려라

오호라 강성대국이여
포 쏘아라 미사일 쏘아라
불바다 번지는 불꽃축제로다

 학생들에게

너희들 배웠지? 시에서 쓰는 '반어'.
여기서 '쏘아라'는 반어로서 '쏘지 말라'는 '강조'의 의미를 담고 있단다.

4
김 위원장

김 위원장은
정치 떠나 형제로 방문하니
형제는 불고지죄 아니다
원수도 사랑하라셨다

고향에서 동생이 오듯
내 집에서 편히 쉬고 가리니
남녘의 푸른 하늘 보여주리라
편안한 여행 되게 하리라

김 위원장 1

― 불고지죄

어젯밤에 갑자기 북에서
김 위원장에게 연락이 왔다
남한을 비밀리 여행하고 싶다고
집 앞 놀이터에 까치소리 들렸다

난 혼자서 고민했다
체제적으로 적의 수괴이니
국정원에 빨간불 켜야 하는가
내 마음에 파란 불이 켜졌다

김 위원장은
정치 떠나 형제로 방문하니
형제는 불고지죄 아니다
원수도 사랑하라셨다

고향에서 동생이 오듯
내 집에서 편히 쉬고 가리니
남녘 푸른 하늘 보여주리라
편안한 여행 되게 하리라

 학생들에게

만일 김 위원장이 너희 집에 방문하면 반겨 맞겠니? 신고하겠니?
김 위원장 반겨 맞아 악수하면 나쁜 일이겠니? 좋은 일이겠니?

김 위원장 2

– 우리집

어젯밤 어둠 타고
김 위원장이 우리집에 왔다
음악이 들리는 오페라하우스
너무나 반가워 포옹을 했다
라일락꽃이 활짝 피었다

안방 침대 시트를 갈고
가장 포근한 이불을 드렸다
푹신하고 포근하구만요
북녘엔 황금이불이 있잖아요
마음이 불안하니 잠 못자디요

심심하다고 거실에 나왔다
텔레비전 없습네까?
신문을 보세요 책도 있어요
통일시집이구만요 많이 쌓였습네다
시도 통일도 관심 없어 안 팔려요

무섭다던 아내가
따뜻한 매실차 한 잔 내왔다
술이나 한잔 주시구랴

술 먹는 사람이 없어서…
양주나 한 잔 하시죠

어느 덧 붉은 노을진 얼굴로
위원장이 한숨을 쉬듯 뱉었다
남녘 서민으로 사는 원시인이
진정 행복한 삶인 것을 아시기요
김 위원장도 여기 사시지요

정말 전쟁터에서 귀향한
지친 전사를 보듯 안쓰러웠다
인민을 잘 살게 해야 하는데…
신음 같은 잠꼬대가 새어 나왔다
난 연극의 막을 내리듯 불을 껐다

🌱 학생들에게

김 위원장도 어쩌면 인민들을 잘 살게 해야 한다는
지상 과제를 해결하기 위해 잠 설치며 고민할 것을 썼단다.

김 위원장 3

– 불고지죄

김 위원장님
집에서 심심하시면
오늘은 저랑 학교나 가시죠
그라시디요

인민복을 벗어두고
원시인 양복을 입었다
부잣집 도령처럼 훤칠했다
멋진 김 위원장이었다

자전거를 타고
잠실새내역까지 달렸다
상쾌한 바람이 박수쳤다
비둘기가 날았다

지하철 타니
사람들이 인형처럼 굳었다
내가 김 위원장 손을 잡으니
마술에서 풀린 듯 웃었다

사람들은 금방

스마트폰에 넋이 나가고
김 위원장은 사람들만 보았다
우린 당과 조국밖에 없디요

필운대 언덕 오르니
청와대가 한 눈에 보였다
저 곳에 대통령께 모실까요
내레 조용히 왔다 갈기라요

교무실에 오니
선생님들 누구냐 수근거렸다
너무 똑같이 닮았다고 악수했다
안녕하세요 반갑수다래

교실에 가니
아이들 수업 안 한다고
책상 두드리며 좋아했다
조용히 해라 조용히 해라

내레 어젯밤에
북조선 평양에서 왔수다

위원장이 사투리로 말하자
찬물 끼얹은 듯 조용했다

남반부에서도
교사의 추천 권한으로
학생의 장래가 결정됩니까
그래야 교육이 바로 되디요

여긴 오직 성적으로
학생의 미래를 결정하지요
학생인권법으로 벌 세우지도
아이들 함부로 하지 못해요

그라믄 어찌 교육합네까
물 뿌리고 가지치기 하면서
더욱 크고 튼실한 열매 가꾸죠
위원장은 호랑이처럼 웃었다

 학생들에게

김 위원장이 보기에 남조선 사람들은 스마트폰에 빠져 있고
학생인권법으로 선생님 말씀 잘 안 듣는 모습이 이상할 것이란다.

동생 1
— 가시꽃

동생아
그네는 매화가 왜
가시꽃 반대하는지 알아

글쎄 왜지
사생활 침해 받을까
두려워하는 거겠지

그럼 매화는 왜
천지에 가득 피어
우리 눈 흐리게 하지

매화는 피우고
무궁화는 못 피우는
자연법칙 어디 있다더냐

🌷 학생들에게

중국은 우리 남한 사거리 미사일 배치하고
우리 방어체제 사드 미사일 설치한다고 압박하니 약소국의 설움이란다.

동생 2

- 형제

동생아
그네 동생 맞지
내레 동생이긴 하디요

동생아
우리가 한 동포 맞지
피를 나눈 동포 맞디요

그럼 이제 말해봐
불꽃 대비 가시꽃 말고
대안이 뭔지 말해봐

동포 형제
목숨 대비토록
병 줬으면 약 줘야지

학생들에게

형제는 맞는데 약도 없는 병을 주고 있으니 형제일까, 적일까.
하기야 약 주려면 병도 안 주겠지.

동생 3
– 통일

통일을
왜 해야 하는지
잘 모르겠어

이대로
각자 편히 살면
비바람 없이 좋은데

형님 정말
바보 같은 말 마시라요
통일 이유 간단하디요

둘이 붙으면
서로 으르렁 싸우니
하나로 사랑해야디요

 학생들에게

지금 우리가 통일하지 않으면 온통 너희의 짐으로 남아 더욱 힘들고 상처만 남겠지.

76

동생 4
- 힘자랑

우와!
불꽃 가졌으니
세상에서 동생 제일 쎄

불꽃놀이에
폭죽도 터뜨리니
코 큰 사람까지 죽겠구나

이제는
남조선 해방이디요
내레 무력통일 한다 했디요

그네 동생아
예부터 힘자랑 말랬잖아
힘자랑하다 넘어지면 다쳐

 학생들에게

너희들은 힘이 세지면 사람들 자유롭게 살도록 그냥 두겠니,
아니면 '이래라, 저래라' 잔소리하며 협박하겠니?

아우에게 1

아우야 아우야 뭐하니~
핵 만듭네다
무슨 미사일~
대륙 간 탄도미사일이레

뭐 하려고~
미제와 맞장 뜨럽네다
맞장 떠서 뭐하게~
형님 남조선 해방시키럽네다

아우야 아우야
우리 해방 안 시켜도 좋더라
미제 해방보다 불꽃 뜨거워
버섯 불꽃 끄면 안 될까

학생들에게

북한 김 위원장은 '남조선을 미제로부터 해방시킨다'는데
사실 우린 미제보다 '북핵'이 더 무섭지 않니?

아우에게 2

아우야 아우야 뭐하니~
굴속에 있습네다
굴속에서 뭐하니~
세상 밝힐 불꽃 만듭네다

세상 밝히려다
온 세상 불바다 아닌가
버섯 불꽃 이제 그만
내레 일없습네다~

뜨거운 불꽃 만들어
세상 밝히려지 말고
햇볕 따사한 굴 밖 나와
황금들녘 춤춰보자 아우야

 학생들에게

여우가 어둠 속에서 세상을 밝힐 불꽃 만든단다.
굴속에 있지 말고 굴 밖으로 나오면 세상 밝아질 텐데….

머리

머리가 없으면
손으로 어찌 핵을 만들랴
발로 어찌 미사일을 만들랴

몸뚱이에서 뻗어 나온
동그란 한 개의 큰 지구
삼대양 칠 개 홀 검은 그린

눈은 앞으로만 뜨고
모든 정보 수집한다고
몸뚱이를 부려먹곤 하지

머리뼈 밖은 얼굴살
대부분 거기서 거긴데
예쁘고 잘생겼다는 말에 쫑긋

머리뼈 안에 두부로
수족을 종처럼 부려먹고
그 입에 말로는 남까지 부리니

총포 만드는 건

손발이 척척 맞더니
핵미사일까지 만들었더냐

제 홀로 구르지도 못하고
제 홀로 춤추지도 못하면서
온갖 악행은 네가 시켰구나

차라리 그대 없다면
눈 코 귀 가슴에 달고
가슴처럼 따뜻한 사람일진대

가슴에서 벗어나와
귀중한 정보기관 모두 꿰차
차가운 욕심 공장 만들었구나

온갖 죄악 명령하고
해골바가지로 남을 그대여
정녕 그대야말로 죄인이로구나

 학생들에게

온갖 악행은 머리에서 나왔음에
생각을 바르게 하는 것이 중요함을 일깨우는 시란다.

손

손이 없으면
발로 어찌 핵을 만들랴
입으로 어찌 미사일을 만들랴

몸뚱이에서 뻗어 나온
기다란 두 개의 큰 가지
거기서 다시 다섯 개의 가락

팔은 안으로만 굽고
손가락도 움켜쥘 줄만 알지
겉주먹도 못 쥐는데

어정쩡한 손목과
앞으로만 자연스런 어깨로
너는 못 추는 춤도 없구나

처음엔 먹고 살자고
창화살 만들어 던지더니
그 화살로 인간을 잡아먹더냐

총포 만들어

먹지도 못할 살상 일삼더니
이제는 핵미사일이 무엇이더냐

그대 꽁꽁 저승 갈 때에
그 손에 쥐고 갈 재물 탐하더냐
같이 갈 목숨 구걸하더냐

차라리 그대 없다면
그 불 피우지도 못하고
그냥 생고기 축제 아니었을까

그대 잡아 정 나누고
포옹하며 오래 살려했는데
지옥불 만든 것이 그대 아니더냐

온갖 죄악 만들고
빈 모습으로 태워질 그대여
정녕 그대야말로 죄인이로구나

 학생들에게

머릿속에 생각도 중요하지만
그것을 구체적으로 실행에 옮기는 것 또한 중요함을 일깨우는 시란다.

발

발이 없으면
손으로 어찌 핵을 만들랴
머리로 어찌 미사일을 만들랴

몸뚱이에서 뻗어 나온
기다란 두 개의 큰 다리

그 아래 다시 다섯 개의 가락

발은 먼 길을 가고
때론 달리기도 잘 하지
제 몸뚱이를 지탱하면서

발은 앞으로만 향하고
높은 곳에 끝없이 오르고
진흙탕길 첨벙첨벙 건너가지

차라리 나무처럼
발 없이 한 곳에 머물러 살면
핵미사일 따윈 못 만들겠지

아니 남의 것 탐내지도
질투하지도 않고 살겠지
주어진 곳에서 소신껏 열심히

그대 발이 없었다면
나무처럼 하늘 우러러
꽃 피우고 열매 맺어 나누겠지

인간이 나무보다 낫다고
더불어 나누며 가렸했는데
지옥불 만든 것이 그대 아니더냐

온갖 죄악 만들고
빈 모습으로 썩어질 그대여
정녕 그대야말로 죄인이로구나

 학생들에게

머릿속에 악행을 구체적으로 실행하는
손을 돕는 발 또한 중요함을 일깨우는 시란다.

 ・・・・・ 통일이 답이다

5
민통선

아카시아 꽃 활짝 피고
머루 달래 싱그런 열매
주렁주렁 열린 계절이라
만나면 함께 배부를 텐데

여기까지 오면서
우리 함께 눈물 흘렸고
만나면 금방 얼싸안을 텐데
민통선은 가지 말라 한다

민통선 1

― 금강산 가는 길

가지 말라 한다
나더러 가지 말라 한다
길은 버젓이 뚫렸는데
여기서 가지 말라 한다

그어놓은 선 너머엔
흰 구름 오라 손짓하는데
산노루 함께 가자 뛰노는데
총칼 든 이 가지 말라 한다

아카시아 꽃 활짝 피고
머루 달래 싱그런 열매
주렁주렁 열린 계절이라
만나면 함께 배부를 텐데

여기까지 오면서
우리 함께 눈물 흘렸고
만나면 금방 얼싸안을 텐데
민통선은 가지 말라 한다

학생들에게

'민통선'은 민간인 통제선을 말하는데
남방한계선(휴전선에서 남쪽으로 2km) 남쪽으로 5〜20km를 말한단다.

민통선 2

– 통일의 길

가도 가도
천리만리 길
사람이 없네

굽이굽이 돌아
만나는 사람 없이
나 홀로 가는 길

산짐승은
부스럭 부스럭
함께 가자 부르는데

가도 가도
천리만리 길
사람이 없네

 학생들에게

두타연은 2004년 자연생태관광코스로 개방되었는데,
6·25전쟁 후 70여 년 동안 순수한 자연을 지켜온 곳이란다.

민통선 3

– 나비

검은 도시에선
어디 갔나 못 봤는데
통일의 길 민통선엔
흰 나비만 춤추네

저 너머 북녘땅
열어 달라는 전령인가
자유 지키라는 혼령인가
말없이 춤만 추네

나도 너처럼
통일의 날개 있다면
넘실넘실 춤추듯 날아
북녘 땅 가고 싶은데

언어의 날개로
저 그어진 선을 넘어
저 우람한 산을 넘어
마음만 좇아가누나

학생들에게

춤을 추듯 날아야 민통선 너머 휴전선 너머 북녘 하늘을 날 수 있을까?

민통선 4

– 소나무

민통선 두타연
굽이굽이 숲속에
네 기상 보아함즉
일백 세는 되보이네

네 그늘에 누워
낮잠도 즐기고
네 솔잎 향기 따서
송편 잔치도 벌였는데

어느 날 갑자기
이 고요한 마을엔
소련제 탱크 지나고
두려운 군인들 지나더니

앞산 뒷산 빼앗자고
그 붉은 피 흘리더니
몰아지던 탄풍 끝나고
도둑들 다 쫓겨 가더니

가위로 싹뚝
지난 역경의 세월
칠십 년을 가뒀는데
너는 말없이 견뎠구나

이제는 네 곁에
총칼 다 사라지고
외로운 노루사슴 돌보는
따스한 이웃 얼싸안으리

민통선 두타연
굽이굽이 숲속에
네 소망 익어 가리라
내 소원 걸어 두노라

민통선 5
– 위치추적기

민통선 출입구
행여 길을 잃을까
행여 북으로 넘어갈까
목에 걸어준 위치추적기

내가 어디 있는지
내가 무슨 생각하는지
나의 위치를 한눈에
그들은 알고 있겠지

갇힌 땅 활짝 열어
자유 잔치도 벌이고
민주 큰 춤도 추고픈데
그 마음도 알고 있을까

더 이상 날 찾지 마오
내 목에 걸어준 목걸이
산사슴에게 걸어 주었다오
짐승처럼 자유롭게 살겠다오

민통선 6

― 평화하라

온 세상 만물아 평화하라
온 민족 열방들아 화합하라
갈라짐은 눈물이니 통일하라
구속함은 죄악이니 자유하라

온 하늘 가득 푸르러라
흰 구름 온전히 흘러가라
산들이 춤추며 박수 치고
강들이 신나게 노래하네

온 들판 풍성히 익어가고
오곡과 백과가 넘치도다
남북한 모두가 모여앉아
손잡고 한 마음 한 뜻이라

온 세상 만물아 평화하라
온 민족 열방들아 화합하라
갈라짐은 눈물이니 통일하라
구속함은 죄악이니 자유하라

학생들에게

인간의 발길 닿지 않는 곳이 평화로구나.

휴전선의 봄

피를 토하는 철망이
강물처럼 동서로 드리운 한
휴전선엔 봄이 없다

휴전선에 꽃이 피고
새소리 짐승들이 뛰놀아도
아! 거기는 짐승들의 땅일 뿐

저 얼어붙은 종탑을 녹여
종종종 남북으로 울려 퍼지는
자유의 메아리를 노래하라

총구에서 벌레가 나오고
포구가 오랫동안 검붉게 녹슬어
다시 용광로로 들어가거라

그리움에 늙어가던
흰 모자 쓴 사람들 얼싸안고
황금 눈물로 만나는 땅

휴전선에 봄이 오면
미쳐서 발가벗고 춤추리라
동서로 치달리며 노래하리라

탈북 나비

작고 여린 목숨
하이얀 파도빛 날갯짓으로
검푸른 바다 위 날아오르라

솟구치면 날아오르는 깃발
뜨거운 피 감추인 너희는
더 이상 독제(毒劑)*는 아니었다

외화벌이 식당 종업원으로
수산물 가공 공장 노동자로
침묵으로 뜨겁게 담금질되었는가

너희 날갯짓으로
저편 개마고원 언덕에서는
푸른 태풍이 힘차게 몰려오리라

*독제: 독성이 있는 약제.

 학생들에게

나비가 어둠의 땅에서 푸른 초원으로 날아가는 것은 자연의 이치 아니겠니?

커다란 우물 1
- 옛 우물

어둠으로 빨려들어
초록 이끼 아우성치는
그네 우물 속 들여다보라

물 속 비치는 조그만 하늘
그 속에 통통한 얼굴 하나
제 얼굴만 물그림자로 떠 있다

이끼들은 참빛을 바라
어둠에서 초록으로 솟구치는데
깊은 중심은 여전히 고요하다

누군가 두레박 내려
그 고요 출렁 깨뜨리면
목마른 대지도 적셔주련만

학생들에게

우물은 지하수를 얻기 위해 깊게 파놓은 곳인데
북녘은 인민들의 눈물이 고인 커다란 우물이란다.

커다란 우물 2

- 오두산 전망대

그네 말없는 눈물과
내 깊은 그리움이 만나는
오두산 전망대는 커다란 우물

출렁이는 물살 세다지만
가장 가까운 그네 숨소리
일렁이는 내 그리움만 하랴

보고 싶다 달려갈 수 없는
갇힌 함성 빗물로 녹아내려
임진한강 얼싸안고 흘러가누나

망원경 두레박 드리우면
통일하자는 송악산 힘찬 메아리
울컥울컥 눈물로 퍼올린다

 학생들에게

오두산 전망대는 망원경 두레박 아래 그리움의 눈물이 가득 고인 커다란 우물이란다.

귤

노오란 그네 얼굴
살짝살짝 벗기면
새콤달콤한 비타민이
입속에 그득 녹아나는데

날씨가 추워도
비바람 몰아쳐도
겨울이 기다려지는 건
그네 함께할 수 있는 꿈

우리네 푸른 사람
다 먹고도 남는다 하여
노지에 눈비 다 맞도록
널 하찮게 여기겠지만

우리네 통일 이루면
남한 북조선 가릴 것 없이
모두가 새콤달콤한 세상
푸른 귤밭에서 꿈꾼다네

 학생들에게

귤 한 조각을 먹어도 북녘 동포 생각에
가슴이 아픈 것은 비단 원시인뿐이 아니리라.

6
통일이 답이다

부모형제 가족 같은 민족
배고프면 나눠먹던 친절한 이웃
함께 외세 침략 물리쳐내고
피로 지켜낸 자유민주나라

경제성장 부강 대한민국
평화 번영 다이나믹 코리아
강대국 속에 우뚝 서려면
분단 70년 통일이 답이다

호모 유니피엔스

태어나면서
하나로 뭉치는 인간
절대 둘로 떨어지지 않아
그리움 모르며 사는 인간

개체는 달라도
마음은 늘 함께하며
멀리 떨어져 있어도
텔레파시가 통하는 인간

그대가 좌로 돌고
내가 우로 돌고 돌아도
가운데서 만나 통일하는 인간
얼싸안아 새 세상 낳는 인간

어쩌면 그대와 난
자나 깨나 떨어질 수 없는
통일만 생각하는 현생 인류
호모 유니피엔스

Homo unifiens = Homosapiens + unification

통일을 생각하는 사람 = 생각하는 사람 + 통일

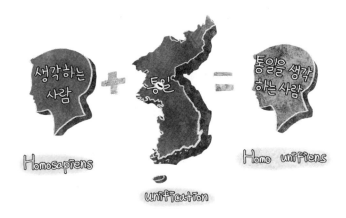

 학생들에게

남과 북은 서로 통일을 원하면서 정작 통일하지 못하니
통일만 생각하는 '통일 인간'이 되었단다.

통일의 해

새 생명을 출산하듯
솟아오르는 검붉은 기운
뭉클뭉클 장엄한 몸짓이여
네 뜨거운 활화산이여

옹골찬 네 모습에
부귀장수 이름보다
민족통일 이름 짓노니
너는 통일의 해라

일흔 번이나 너는
거짓의 태양으로 떠올랐도다
어두운 터널 속 몸부림치는
눈물의 목숨이 되었구나

널 향해 굶주림 움켜쥐고
철책선 넘고 넘어 달렸노라
지상낙원 그 달콤함에 속아
뜨거운 황금을 풀무질했노라

꿈틀거리는 기운을
더 이상 품을 수 없노니
이제는 뜨겁게 타올라라
세계의 빛으로 발하거라

너는 세상의 심장
모두가 우러르는 족속
대한민국 새 역사가 되라
너는 통일의 해라

학생들에게

2018년 새해는 어느 해보다
통일 논의가 뜨거워질 것이기에 신년시를 통일 기원시로 썼단다.

통일이 답이다

우리네 칠천만 백성
대쪽처럼 남북으로 갈라지고
두부처럼 좌우로 나눠지고
머리끄덩이 잡고 춤춘다

핵을 날리겠다
남조선 불바다 만들겠다
으름장에 제 백성이 굶는다
제 형제들이 떨고 있다

부모형제 가족 같은 민족
배고프면 나눠먹던 친절한 이웃
함께 외세 침략 물리쳐내고
피로 지켜낸 자유민주나라

경제성장 부강 대한민국
평화 번영 다이나믹 코리아
강대국 속에 우뚝 서려면
분단 70년 통일이 답이다

 학생들에게

형제 간에 싸우지 않고 대한민국이
세계의 중심국가 되는 길은 통일이 답이란다.

통일 열쇠

어디다 두었을까
주머니에도 없고
열쇠고리도 없고
책상 위에도 없다

분명 가까이 두었는데
분명 어제 일 같았는데
코 큰 사람들 가져갔을까
털모자 쓴 이가 감췄을까

아무 키로 열 수 없고
혼자 힘으로 안 되는
한반도 허리 꽉 잠근
자물쇠만 침묵하는데

저마다 가슴에 찾는
뜨거운 통일 열쇠 녹여
커다란 열쇠 하나 만들면
철커덕 열려지지 않을까

 학생들에게

분단이 거대한 자물쇠라면
통일을 여는 열쇠가 어딘가에 있을 것이란다.

통일의 길

통일 노래 함께 불러요
통일의 길 함께 걸어요
랄랄라 랄라 통일된 세상
백두 세상 함께 열어요

푸르디푸른 통일 세상
기쁨의 노래 승리의 깃발
랄랄라 랄라 통일된 세상
함께 부르며 함께 외쳐요

어둠의 길 분단의 길
검은 구름 거센 폭풍우
랄랄라 랄라 함께 춤춰요
남북 인민 한숨 날려요

군사 강국 경제 강국
어느 누구도 막지 못할
랄랄라 랄라 통일된 세상
통일의 길 함께 걸어요

학생들에게

학생들 가는 길은 남북이 하나 된
통일의 길임을 믿기에 강력히 성원한단다.

108

휴대폰 상점에서

뭘 골라야 하지
휴대폰 종류도 많아라
갤럭시폰 아이폰 엘지폰
이제 중국산 저가폰까지

인터넷 팡팡 터지는
최신형 고급 스마트폰에서
단순한 기능 단순한 색상
2G로 연결되는 효도폰

디자인과 색상이
자유롭고 다양한 세상에서
맘에 드는 나만의 휴대폰
고르는 재미도 즐거운데

한 가지 종류 한 가지 색상
인터넷 안 되는 단순한 기능
선택의 여지없이 강요받는
그런 세상이 아직도 있다지

학생들에게

자유 민주주의에서는 다양한 종류를
각자 취향에 맞게 다양하게 선택할 수 있단다.

더 살아야 하는 이유

원시인이
더 살아야 하는 이유는
죽음이 두려워서가 아니지

죽음이야 까짓 거
욕심 버려 두 눈 꼭 감고
큰 숨 한 번 몰아쉬면 되겠지

어둠이 몰려오면
미련 버려 타임머신 타고
원시의 세계로 가면 되겠지

원시인 더 살아
통일은 봐야잖는가
한민족 잘 사는 통일 말이지

남북이란 말도 없고
하나로 어우러져 춤추는
신나는 통일 세상 봐야잖은가

학생들에게

원시인이 통일시를 쓰고
오래 살고 싶은 이유는 통일된 세상을 보고 싶기 때문이란다.

양수리 연가(戀歌)

양수리에 가면
그리워서 잊지 못한 사람
세파에 잊었던 사람 다시 만난다

저마다의 가슴엔 용서의 선율
저마다의 깊은 눈빛엔 화해의 미소
눈물이 강물 되어 바다로 향하는 꿈

그동안 잘 살았노라 남한강과
그동안 잘 견디었노라 북한강이
두물머리에서 만나 하나 되는 곳

이제는 다시 헤어지지 말자고
두 손 꼭 잡고 다정히 흐르는 강
양수리에 가면 언제나 그댈 만난다

학생들에게

양평 양수리(두물머리)에 가면
북한강과 남한강이 만나듯 우리 민족도 만나 하나 되길 바라면서 썼단다.

통일이 타이다

111

데칼코마니 통일

그네 땅 함북 나선일대
해방 후 대홍수로 수만 인민
사망 실종 난민 되었다지요
겨울은 다가오는데

우리 땅 경북 포항 일대
해방 후 대홍수로 수만 국민
사망 침수 피해 입었다지요
겨울은 다가오는데

휴전선 반으로 접으면
아픔 함께 만나 포옹하듯
온 국민 나선 포항 도와야 하는
홍수의 아픔 속에 한마음이라

어차피 통일 되면 한 가족
총부리 겨누며 싸우지 말고
서로 보듬어 태풍과 싸우고
서로 돌보며 통일 이루세

 학생들에게

분단된 선을 접으면 아픔도 만나듯
한 나라 한 민족이 서로 도우면서 살길 바란단다.

망년시(忘年詩)

힘들었던
녹슨 태양이
추억 숲속으로
굴러 들어가고 있네

어둠이 엄마처럼
기슭에서 마중 나와
수고했다 보듬어 안고
함께 들어가고 있네

쭈글해진 산은
추억 그득 안고
까만 돌덩이처럼
까만 숯덩이처럼

세월 지난 어느 날
한 노인 화로에 앉아
빠알간 추억 피우며
흐린 눈 비비겠지

 학생들에게

통일되지 않고 또 한 해가 저무는 아쉬움 속에
분단의 날도 추억이 되는 날을 생각했단다.

통일의 아침

새벽이 오니 어둠이 사라진다
바람이 부니 구름이 몰려간다
나팔소리 울려 퍼진 통일의 아침
북녘 백성 기뻐하며 울던 눈물 그쳤지

백성들아 일어나라 만세소리 들리도다
어둠 속에 갇혀 있던 만물들이 깨어나네
숲속에서 잠자던 동물들이 환호하네
통일의 나팔소리 세상 가득 들리도다

사람들이 서로 만나 반갑게 인사하고
폭력 권세 무너지며 억압 핍박 물러나네
일어나 빛 발하라 온 세상이 춤추도다
통일의 아침 기운 온 세상에 가득하다

통일 세상 빛나고 온 누리에 퍼지도다
더 이상 이 땅에는 어둠이 없으리라
더 이상 이 민족에 쇠함이 없으리라
번영하는 우리나라 대한민국 빛나리라

학생들에게

통일의 아침은 얼마나 신나고
얼마나 희망찰까 생각하면서 썼단다.

시평

통일에 대한 간절한 염원을 담은
『통일이 답이다』의 작품 세계

− 강정수(종로문인협회 회장)

통일에 대한 간절한 염원을 담은
『통일이 답이다』의 작품 세계

강정수(종로문인협회 회장)

학자들은 동·서독의 통일을 평가할 때 '독일의 통일은 준비되지 않은 통일이었고, 지출된 비용에 비해 편익이 적은 통일이고, 경제적 논리보다는 정치적 논리를 우선시한 반쪽 통일'이라고 부르는 사람도 있다.

여론조사 전문기관인 한국리서치가 실시한 '2018년 남북관계와 통일에 대한 국민인식조사'에서 남북관계와 통일에 대한 국민 공론화가 필요하다고 81.5%가 응답했다.

분단 73년 된 남과 북은 많은 점에서 서로 다르다. 정치, 경제 체제가 근본적으로 다르고 문화적 환경 또한 다르다. 같은 민족이라는 동질감을 회복하기 위해서는 많은 공론화 과정

을 거쳐야 한다. 그런 의미에서 통일과 평화에 대한 문학작품
이 많이 나와서 문화적 동질성을 회복하는데 기여해야 한다.

신호현 시인의 통일을 주제로 쓴 세 번째 시집이자 총 일곱
번째 시집은 우리 국민 모두의 염원을 담은 '통일이 답이다'이
다. 자칫하면 정치적 냄새가 날 수 있고 그래서 문학의 경계를
넘을 수 있는 '통일'이라는 주제를 가지고 세 번째 시집을 쓰는
신 시인은 통일에 대한 극진하고 순수한 염원으로 이러한 경
계를 무난히 지켜내고 있다.

현직 배화여중 국어교사로서 학교 수업 외에 글짓기 지도를
통해 전국 백일장대회에서 가장 많은 학생들을 매년 입상시
키는 바쁜 틈을 내어 7권의 시집을 낸다는 것은 문학에 대한
불타는 열정 없이는 불가능하다.

첫 시에서 신 시인은 해방 후 73년간 조국이 갈라져 닫혀
'절벽뿐이 막다른 골목길'에서 '통일을 여는 문'을 찾고 있다.

통일을 여는 문

더 이상 갈 수 없는
절벽뿐인 막다른 골목길에서
안개 자욱한 어둠의 그늘에서
문이 열리고 빛이 비치는 날

그날에 판문각에 서서
녹슨 철조망 거둬내는 사람
금강산 개성공단 잠겼던 문
열쇠 없는 자물쇠 여는 사람

평양에서 백두까지
백두에서 한라까지
빛의 철도 대륙으로 이어
하루에 내달리며 춤출 사람

한반도 통일 대한민국
세계로 뻗는 웅비의 기상
악수와 포옹으로 하나 되어
통일을 여는 문이 있었다

  -「통일을 여는 문」 전문

　통일이 되어 녹슨 철조망이 걷히고 백두에서 한라까지 이어
져 세계로 웅비의 기상을 뽐낼 그 통일을 위해서 '악수와 포옹'
으로 통일의 문을 열자는 것이다. 악수와 포옹의 전제는 '사랑'
이다. 시인은 막혔던 쇠사슬을 풀어내는 열쇠로 대승적인 사
랑을 제안하고 있다. 사랑은 이해를 부르고 악수와 포옹으로
막혔던 한반도의 혈맥을 하나로 이어가자고 말한다.
　분단된 대한민국 내에서 어두웠던 서해 천안함과 연평도 포

격의 가슴 아픈 사연들은 아직도 생생한데 강물처럼 흐르는 역사는 어둠을 밝히는 촛불로 길을 찾아 갈등과 원망을 봉합하고 떠오르는 동해의 밝은 태양빛 받아 동계 올림픽 참가 북한선수단과 대화의 물꼬를 트는 사절단이 같이 왔다.

67년 전 1950년 치열한 장진호 전투 때 미군들이 목숨을 걸고 구해낸 흥남 철수 9만 명의 피란민 중에 현 문재인 대통령의 부모가 있었다. 피로 맺어진 혈맹 미국이 없었으면 한국은 이미 없어진 나라였다고 시인은 역사적 사실을 지적하고 있다.

67년 전 1950년
혹한의 장진호 전투
흥남철수 급박 상황에서
9만 피난민을 구해냈노니
그 속에 우리 부모가 있었노라

한미 동맹은
한반도 전쟁의 포화 속에서
피의 죽음으로 굳세게 맺어졌노라
감사의 은혜 결코 잊을 수 없나니
더욱 굳세게 평화 발전하리라

ㅡ「함께 가자 대한민국」 중에서

경제와 통일을 위한 외교가 큰일이다. 대통령은 역사적으로
은원 관계가 깊은 중국을 방문하여 시진핑 주석을 만나 협력
을 구한다. 두 나라가 일본에게 유린당했던 역사를 상기시키
며 결속을 다지기를 원한다.

빼앗기는 땅 만주에서
광복 꿈꾸며 함께 울었노라
민족의 아픈 가슴 쓰다듬으며
학살의 상처 어루만졌노라

목마르면 물 떠주고
배고프면 함께 나눠 먹던
이웃으로 지낸 지 수천 년
역사는 그렇게 답했노라

– 「대통령의 중국 방문 1」의 3, 4연

'목마르면 물 떠주고' 중국과는 역사적으로 서로 필요한 일
을 해 주는 이웃으로 수천 년 지내왔다는 것을 강조하며 북핵
으로 야기된 위기를 넘기도록 도와달라는 한국민의 목소리를
신 시인은 '먼저 뜨거운 불을 끕시다려'(「대통령의 중국 방문 2」의 마
지막 행)라고 사정한다. 이어서 중국 시진핑 주석에게,

경제발전 강성대국으로

쑥쑥 자라나는 중화여

　– 「시진핑 주석에게 1」의 3, 4행

　라고 시진핑 주석을 추켜세우고 옛 조상의 강성했던 한국을 상기시키며,

남북통일로 큰 나래 다는 대한민국
그네 나라 잠적할까 두려운가

　– 「시진핑 주석에게 2」의 3, 4행

　라는 역설적 표현으로 미래를 위해 한국과 힘을 합하자고 제안한다.

　신 시인은 북한 땅에 사는 사람들을 걱정한다. 탈북자 어머니와 중국인 아버지 사이에 태어난 '태웅이'를 통해서 자신의 의지와는 상관없이 다국적인이 되어 미래가 불확실하게 된 사람들을 위한 연민의 마음을 토로한다.

아버지의 나라 중국
어머니의 나라 한국

이중국적인 아이
아직 낯선 아이

태웅아 태웅아
이다음에 크면
어느 나라 살고 싶니
아버지 나라에 갈래요

– 「탈북학생 캠프 1」 중에서

이어서 28살이 되도록 학교를 다니지 못한 탈북소녀 수연이
의 안타까운 사연을 소개하며 분단으로 인해 북한에서 교육적
으로 소외받는 인민들의 애환을 슬퍼한다.

신 시인은 북한 정권의 최고 지도자를 '김 위원장'으로 호칭
하여 상호 존중하는 자세로 인민들의 어려움을 돌봐주는 현명
한 지도자가 되기를 소망하고 있다.

만백성의 위대한 어버이 수령
조선의 성군 꿈꾸시나요

– 「조선의 성군 1」의 4연 3, 4행

신 시인은 '김 위원장'에 대한 희망사항을 '조선의 성군'이라는 시 제목으로 삼았다. 이어서

핵탄두 앞에서
불꽃 솟는 미사일 앞에서
붉은 웃음 터뜨리는 가마솥엔
온 백성 먹이는 밥이 들었나요

– 「조선의 성군 2」 중에서

또한 신 시인은 국민들의 삶을 돌보지 않고 핵과 미사일 개발에 열심인 북한 정권을 안타까워하며, 정권 욕심을 버리고 '통일의 물꼬를 트라'고 권고한다.

2장에서 신 시인은 세계에서 유일한 지역인 공동경비구역 (JSA)를 목숨 걸고 통과하여 귀순한 병사를 소개한다.

JSA 귀순병사 1

– 죽어도 좋아라

아이들처럼 금 긋고
살얼음 눈빛이 넘나드는
JSA 공동경비구역 선 넘어
하급병사 하나 귀순했다

한 발자국만 넘으면
자유 대한의 품에 안기는
붉은 피 총알 가슴에 품고
절체절명의 순간을 달렸다

오랫동안 가슴에 품은
꿈틀거리는 자유가 자라
햇빛 비치는 데로 날아서
푸른 땅에 쓰러졌노라

회치는 뱃속 드러내어
일으키시고 살려내리라
새벽 어둠은 달아나겠지만
참을 수 없어 죽어도 좋아라

- 「JSA 귀순병사 1」의 전문

　북한군에게 총격을 당하여 총을 맞고 쓰러지면서도 한국으로 넘어오는 길을 멈추지 않았던 병사는 한국 민정경찰에 의해서 병원으로 긴급 후송되었고 한국의료진은 열과 성을 다해서 치료했다. 기적적으로 생명을 구한 북한병사는 자유를 얻어 새 생활을 시작했다. 오랫동안 가슴 속에서 소원하던 자유가 그리워 자유 대한민국을 향해 달려오다 총을 맞고 쓰러진 병사의 사연을 신 시인의 시적 감성에서는 「JSA 귀순병사」 시리즈로 노래하고 있는데 1에서는 '병사의 가슴에서 자유가 자라 양지쪽을 찾는 식물의 가지처럼 뻗어 온 것'으로 비유하고 있다.

2에서는 '배고픈 배를 채우고 자유스럽게 남한 노래를 즐기는 병사'와 3에서 '자유를 누리며 살게 되는 젊음의 환희', 4에서 '당당히 자신의 꿈을 찾아 법학도의 길을 선택하는 귀순병사', 5에서 '선 하나를 사이에 두고 갈라선 이산가족의 비극을 극복하기 위해 통일하자'고 노래하고 있다.

> 친구야 형제야
> 우리 이젠 그만 싸우자
> 총부리 내리고 달려오라
> 얼싸안고 통일하자
>
> - 「JSA 귀순병사 5」의 4연

이어서 신 시인은 핵실험으로 황폐해진 길주를 한탄한다. 산업혁명으로 파괴된 자연을 한탄하는 영국시인 T.S.엘리엇(T.S.Eliot, 1888~1965)의 「황무지」를 연상시킨다. 항문 없는 텃새, 팔다리 잘린 다람쥐, 씨가 마른 산천어 등을 들어 황폐해진 길주를 서러워한다. 길주는 북한을 상징하고 나아가 민족의 운명이기도 하다. 「핵단추 1, 2」에서 핵의 무서움과 핵 때문에 희생된 북한 주민들의 민생을 안타까워하는 신 시인은

「롯데 아쿠아리움에서 1」 사육사의 손짓 따라 움직이는 물개를 보며 김 위원장의 '올바른 손짓'으로 북한 주민들이 행복 쪽으로 움직이기를 원한다. 외세에 의해 남북이 분단되고 「대리전 1, 2」 성격의 전쟁까지 겪게 되었던 민족의 비극을 슬퍼한다.

   3부 「서울 불바다 1-6」에서 서울을 불바다로 만들겠다는 북한 정권의 위협이 마음에 걸린 신 시인은 그들 주장의 허구성을 공격하고,

서울 불바다 1
－ 김 위원장

신으로 추앙받는 그네가
서울 불바다를 만들 수 있다면
그네는 좋은 신이거나
악한 신이겠지

서울에 천만 명 중에
그네를 좋아하는 사람
그네를 싫어하는 사람

불바다에서 모두 헤엄치겠지

그동안 서울이
나누지 못한 죄인이었나
잘 살아 신조차 질투했는가
뜨거운 불꽃의 종말 부르는가

다 같이 잘 살자는
70년 그네 일궈온 사회주의
무한한 신적인 권력으로도
결국엔 지옥 넘어 파멸이던가

– 「서울 불바다 1」 전문

신 시인은 인민을 위해 투쟁한다는 사회주의의 허구성을 공
격한다. 서울이 불바다 되면 우리 역사도 민족도 모두 없어지
고 성경에 나오는 적그리스도가 일으키는 세상의 종말이 올
것이다. 도망 갈 곳도 없으니 '성전에 모여 기도하자'고 한다.
하나님에게 의지할 수밖에 없다. '핵전쟁이 나면 남도 북도 모
두 망한다'라고 호소한다.
　「북핵 1-6」에서 신 시인은 1에서 터지면 그대로가 지옥'이라
는 결론을 내리고 2에서 '붉은 목숨의 축제', 3에서 '버섯 불꽃

만들면 하나뿐인 목숨' 끝장나고, 4에서 '좌우 싸우지 말고' 핵
에 대처해야 하고, 5에서 오래 갈라져 있어도 '우리는 같은 민
족', 6에서 '서로 대화로 풀어 보자'고 타이른다.

북핵 6
— 레드라인 2

어른들이 되면
우리네 초딩과는 다른
오랜 짝과의 싸움에서
뭔가 다를 줄 알았어

논리적인 대화로
서로서로 도와가면서
함께 나누고 보살펴주며
통일 세상 이룰 줄 알았어

한쪽은 핵 만들고
다른 쪽은 힘센 친구 부르고
서로 불바다 만들겠다고
으르렁대기만 하였지

그네와 난 동창
70년이 훌쩍 지나도
서로 그리운 건 마찬가지인데

선긋기는 그만했음 좋겠어

– 「북핵 6」 전문

신 시인은 「핵꽃 쏘아라」에서 핵탄두를 실어 나르는 미사일을 '핵꽃'이라 부르며 자조적인 태도로 불꽃 축제하듯 미사일을 쏘라고 한다. 시인은 통제할 수 없는 핵미사일 실험을 끝내기를 바라는 마음으로 '미사일을 쏘아라'고 역설적으로 강변하고 있다.

'통일에 대한 염원'이 머릿속에 꽉 차 있는 신 시인은 4부에서는 북한정권의 집권자 김 위원장을 꿈에 만나 전쟁터에서 돌아온 지친병사를 보듯 나름대로 지치고 힘들게 살고 있을 그를 '연민의 눈'으로 바라보며 그의 고뇌를 생각해 본다.

김 위원장 2
– 우리집

어젯밤 어둠 타고
김 위원장이 우리집에 왔다
음악이 들리는 오페라하우스
너무나 반가워 포옹을 했다

라일락꽃이 활짝 피었다

안방 침대 시트를 갈고
가장 포근한 이불을 드렸다
푹신하고 포근하구만요
북녘엔 황금이불이 있잖아요
마음이 불안하니 잠 못자디요

심심하다고 거실에 나왔다
텔레비전 없습네까?
신문을 보세요 책도 있어요
통일시집이구만요 많이 쌓였습네다
시도 통일도 관심 없어 안 팔려요

무섭다던 아내가
따뜻한 매실차 한 잔 내왔다
술이나 한잔 주시구랴
술 먹는 사람이 없어서…
양주나 한 잔 하시죠

어느 덧 붉은 노을 진 얼굴로
위원장이 한숨을 쉬듯 뱉었다
남녘 서민으로 사는 원시인이
진정 행복한 삶인 것을 아시기요
김 위원장도 여기 사시지요

정말 전쟁터에서 귀향한
지친 전사를 보듯 안쓰러웠다
인민을 잘 살게 해야 하는데…
신음 같은 잠꼬대가 새어 나왔다
난 연극의 막을 내리듯 불을 껐다

– 「김 위원장 2」 전문

연극에서는 막이 내리면 모든 일들이 연극적 설정에서 벗어
나 일상으로 돌아가는 것처럼 불을 껐다가 다시 켜면 이 모든
핵과 미사일에 관한 비극적인 일들과 걱정거리가 사라지고 남
과 북이 평화스럽게 살고 있는 세상으로 정상화 되었으면 좋
겠다는 신 시인의 심중이 여실히 드러나 있다.

이어서 신 시인은 「동생 1-4」에서 꿈 속 김 위원장을 동생
이라 부르며 '울지 않기 위해 통일'해야 하고 '힘자랑하다 넘
어지면 다친다'고 타이른다. 말을 바꾸어 신 시인은 「아우에
게 1, 2」를 통해서 '남조선 해방'이라는 북한의 원천적 야욕을
지적하며 핵무기를 거두고 같이 잘 살자고 달랜다. '머리'와
'손'과 '발'을 써서 못된 핵무기를 만드는 김 위원장에게 지금
까지 참았던 분노를 터뜨리며 태도를 바꿔 간접적으로 비판
하고 '핵미사일 만드는 것은 민족의 죄인이 되는 것이니 하지
말라'고 호소한다.

5부 「민통선 1-6」에서는 세계에서 유일한 특수한 지역이며 민족의 애환을 담고 있는 남방한계선과 군사분계선, 그리고 북방한계선까지의 비무장지대를 다루었다. 실제로 민간인 통제선은 남방한계선을 말하며 비무장지대는 지뢰가 많이 묻혀 있고 군사적 행동이 금지된 지역이라 휴전 후 65년간 사람의 손길이 닿지 않은 천연의 비경이라 한다.

민통선 1
- 금강산 가는 길

가지 말라 한다
나더러 가지 말라 한다
길은 버젓이 뚫렸는데
여기서 가지 말라 한다

그어놓은 선 너머엔
흰 구름 오라 손짓하는데
산노루 함께 가자 뛰노는데
총칼 든 이 가지 말라 한다

아카시아 꽃 활짝 피고
머루 달래 싱그런 열매
주렁주렁 열린 계절이라
만나면 함께 배부를 텐데

여기까지 오면서
우리 함께 눈물 흘렸고
만나면 금방 얼싸안을 텐데
민통선은 가지 말라 한다

– 「민통선 1」 전문

    휴전선 가까운 남쪽 지역에는 북에서 온 실향민들이 많이
산다. 그들은 철책이 허물어지면 빨리 고향에 가고 싶어 휴전
선 가까운 지역을 떠나지 못하고 산다고 말한다. 저 멀리 건
너다 보이는 고향을 가지 못하고 세월이 흘러 한을 품은 채 세
상을 떠난 실향민들의 비극은 아직도 진행형이다. 길은 버젓
이 뚫렸는데 철책이 가로막고 있다. 금강산 관광이 허락되었
을 때 많은 실향민들이 금강산에 다녀오면서 고향에 가지 못
하는 한을 풀며 대리 만족을 했는데 다시 금강산 길이 막히고
'이산가족 상봉' 행사까지 무산되어 죽을 날이 가깝다고 생각
하는 노년의 실향민들의 한은 더욱 깊어졌다.

    「민통선 2」에서 통일의 길을 가려는 사람이 없다는 신 시인
의 한탄이 외로운데 「민통선 3」에서 비무장 지대를 자유롭게
넘나드는 춤추는 나비를 부러워하며 통일의 염원을 토로한
다. 「민통선 4」에서 신 시인은 두타연에 의연히 서있는 소나무

를 '6 · 25 전쟁의 비극을 바로 지켜 본 산 증인'이라 부르고 이제 비무장지대의 평화스러운 자연처럼 통일이 와 이웃들 얼싸안는 모습 보았으면 좋겠다는 소원을 빌며 「민통선 5, 6」에서 자유롭게 남과 북을 왕래하는 사슴과 평화로운 비무장지대의 들과 산을 들어 통일과 평화를 기원한다.

「커다란 우물 1, 2」에서 신 시인은 오랜 세월 제자리에 머물러 있는 우물을 통해 진전된 통일의 길로 가지 못하는 남과 북의 정체된 현실을 한탄하며 마르지 않는 우물의 상징 오두산 전망대를 통해 북한 주민들의 눈물과 실향민들의 그리움이 모여 통일의 단초를 열자는 시인의 염원을 퍼 올린다. 통일이 되면 '귤'처럼 새콤달콤한 세상이 오고, '휴전선에 통일된 봄이 오면 발가벗고 미친 사람처럼 춤을 추겠다'는 신 시인의 통일에 대한 간절한 소망이 보인다.

신 시인은 핵과 전쟁의 위협으로 갈등을 겪고 있는 한국의 비극에 대하여 6부에서 모든 비극적인 일에 대하여 '통일이 답이다'는 결론을 내린다.

통일이 답이다

우리네 칠천만 백성
대쪽처럼 남북으로 갈라지고

두부처럼 좌우로 나눠지고
머리끄덩이 잡고 춤춘다

핵을 날리겠다느니
남조선 불바다 만들겠다느니
으름장에 제 백성이 굶는다
제 형제들이 떨고 있다

부모형제 가족 같은 민족
배고프면 나눠먹던 친절한 이웃
함께 외세 침략 물리쳐내고
피로 지켜낸 자유민주나라

경제성장 부강 대한민국
평화 번영 다이나믹 코리아
강대국 속에 우뚝 서려면
분단 70년 통일이 답이다

– 「통일이 답이다」 전문

위 작품에서처럼 남과 북으로 갈라져 살아온 세월만큼 갈등
의 골은 깊지만 원래 가족 같은 한민족으로 외세에 맞서 나라
를 지켜가며 수천 년 이웃으로 살아온 남과 북이 강대국 속에
우뚝 서기 위해 통일을 이뤄야 한다는 신 시인의 소망은 개체

에 따라 달라도 마음은 같이하는 '호모 유니피언스'라는 신조어를 만들어 통일을 강조하고 있으며 가슴 속에 있는 통일의 염원이 분출되고 모아져야 한다고 말한다.

「양수리 연가」에서는 남한강 북한강이 양수리에서 만나 하나의 흐름으로 바다로 향하듯 남과 북이 같이 통일의 길로 가야 한다고 한다. 「데칼코마니 통일」에서는 이미 남과 북은 홍수로 인한 수해의 어려움을 겪을 때 서로 도움을 주었던 일이 있다. 서로 돌보며 사랑하고 통일의 해가 떠오르는 통일의 아침을 맞아 어둠과 고통을 물리치고 번영하는 나라로 빛나기를 바라는 것은 비단 신 시인만이 아니라 한국민 전체의 소원이라 할 수 있다.

문학의 현실참여는 인간의 탐구를 다루는 문학의 본질상 어쩔 수 없다. 현실세계를 떠난 문학이 있을 수 없는 것이기 때문에 문학의 현실참여는 순수문학 입장에 있는 문인들에게 비난을 받을 수 있지만 계속될 것이라 생각된다. 다만 선동적이고 문학성이 없는 원초적 감정을 자극하는 작품이 되지 않도록 조심해야 한다.

신 시인은 통일이라는 커다란 명제를 두고 달려가는 '통일, 너에게로 간다' 시리즈는 뉴스를 보듯 통일에 대한 시사성을 다루고 있지만 시적 감각인 순수 서정의 길을 잃지 않고 있다. 앞으로 더 많은 내면적 발전이 있기를 빈다.